향수의 바다

후회의

포옹의 섬   사랑의 섬

글로리 데이즈 바다

상심의 바

진심의 섬

자바남매

내면아이 바다

엘 맘앤대디

노인의 마을

수치의 섬

악마의 삼각지

상실의 섬

기억
감퇴의 섬

미소의 섬

■ 용서

까마득한 옛날

찬란 운항

절친 국

■ 홍수나기 전

언덕

과거의

■ 수십 년 전

땅

■ 몇 년 전

죄악

오래오래 사막

거부의 델타

VAHRAM MURATYAN

세계가 바랑 뮈라티앙을 발견한 것은
2011년 그의 경이로운 일러스트 북 〈파리 vs 뉴욕〉이
출간되었을 때다. 간결한 선, 환하고 명쾌한 블록 칼라,
그리고 위트 넘치는 텍스트로 이룩한 두 도시의 시각적 매치는
단번에 뮈라티앙을 지구촌이 주목하는 아티스트로 만들었고,
우리나라에서도 독자들의 열렬한 지지를 이끌어냈다.
그가 펼치는 인상적이면서도 재미있고, 그러면서도
깜짝 놀랄 만한 상상의 나래는 두 번째 작품
〈어바웃 타임 (Tick Tock)〉에서 삶과 관계를 만나,
한층 더 감성적인 사색과 통찰의 깊이 및
기발한 풍자로써 영롱하게 빛난다.

그래픽 아티스트인 바랑 뮈라티앙은
세계적으로 저명한 럭셔리 브랜드와의 다양한 협업을
진행하는가 하면, 잡지 M과 일간지 르 몽드(Le Monde)의
주말판 일러스트레이션을 맡아 아이러니와
의외성이 번득이는 작품을 제공하기도 한다.

www.vahrammuratyan.com

시간에 대한 관점 하나!

시각은 시간의 어느 한 시점이고,

시간은 시각과 시각 사이의 공간이다.

그 공간을 읽어낸 작가의 멋진 관점이

책안에 올곧이 담겨 있는 멋진 책이다.

'브라보 마이 라이프!'

_ 박용후(관점 디자이너)

VAHRAM
MURATYAN

가슴에 쌓이는 시간의 기억

※ 이 도서의 국립중앙도서관 출판예정도서목록(CIP)은 서지정보유통지원시스템 홈페이지
(http://seoji.nl.go.kr)와 국가자료공동목록시스템(http://www.nl.go.kr/kolisnet)에서
이용하실 수 있습니다. (CIP제어번호 : CIP2015004999)

세계 최고의 이야기꾼,
우리 다벨 할아버지와 아르만 할머니
그리고 마리와 아람에게 바친다.

비 행

짐 싸기 체크인 보안   세관 면세점

출발

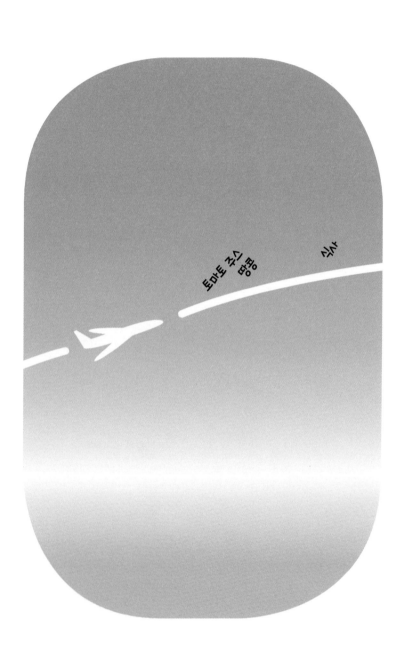

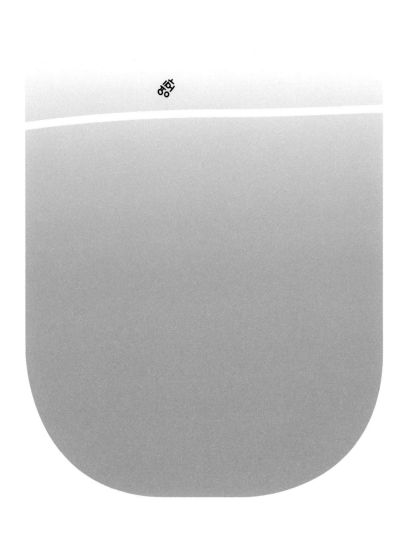

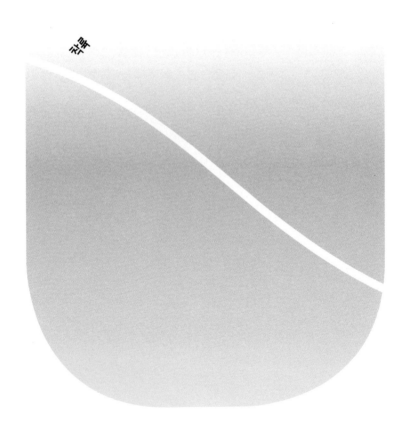

모든 게 빨라지고 경험이 서로 얽히면서 시간은 여느 때보다 빨리 흐른다.
많은 것을 보는 시간, 모든 걸 그리고 말할 것도 없이 너무나 많은 걸 욕망하는 시간.
우리의 관계, 우리의 기억, 우리의 꿈과 희망을 시간이 규정한다.
반대로 보면 모든 게 더 차분하고, 더 부드럽고, 더 단순하다.
시간의 거리는 많은 순간들을 걸러주거나 승화시키거나 지워 없앤다.
단지 광풍과도 같은 열정과 웃음과 쓰라린 상처만이 오래 남는다.

시간의
향기

지금은 정보가 왕이다. 나의 세계는 극도로 얽혀 있기에, 무엇이든 얻을 수
있는가 하면 동시에 손에 닿지 않고, 그 어떤 것도 오래 지속되지 않는다.
시간의 무드는 변덕쟁이마냥 수시로 바뀌어 어떨 땐 인색하고 어떨 땐
욕심꾸러기다. 내가 너무 많은 걸 요구하면 시간은 날 통째로 삼켜버린다.

째깍째깍. 템포를 늦추라. '잠시 멈춤' 버튼을 누르라.
좀 더 가까이서 찬찬히 시간을 들여다보라.
그리하여 시간에 감사하고 시간을 상상하라.

끝이 안 보이네

줄 서서 기다려

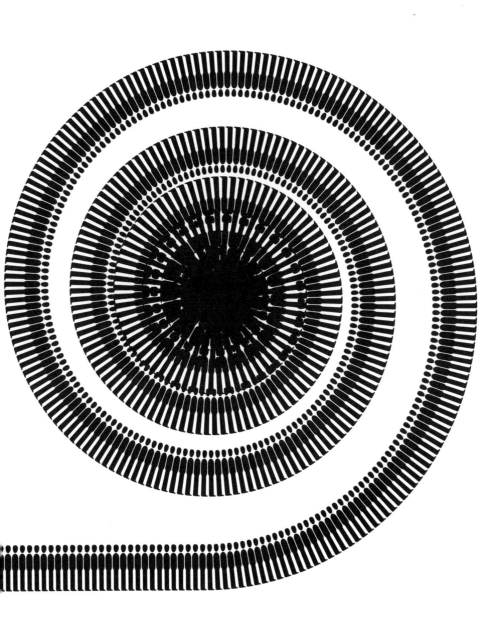

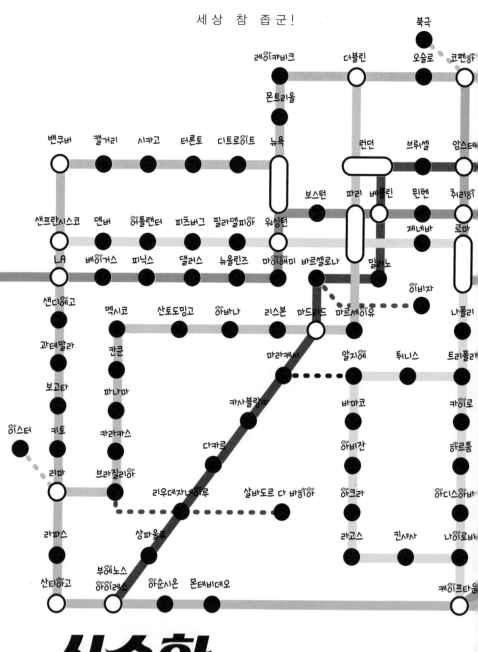

세 상 참 좁 군!

신속한 링크

너무 먼 듯, 아주 가까운

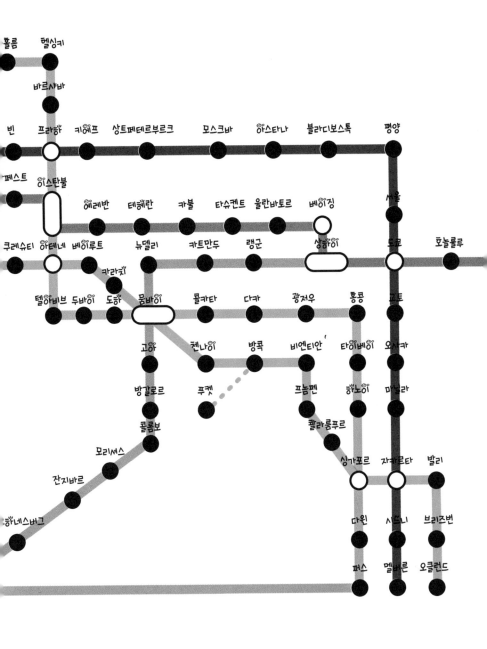

커플

단

첫눈에 반하기

일초

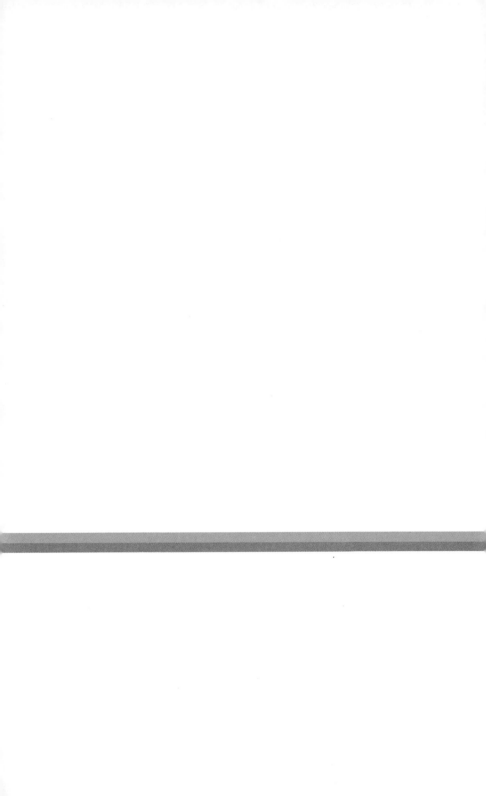

어느
그리고 영원히
화창한 날

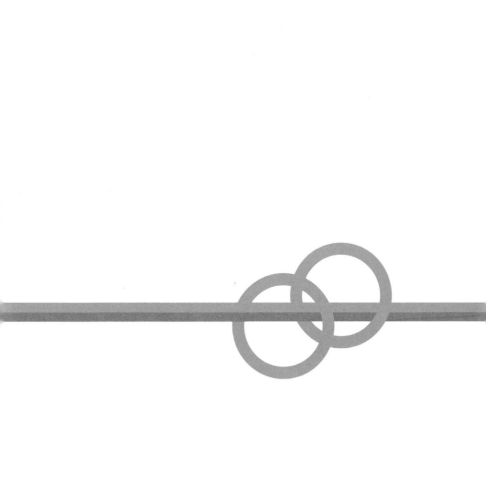

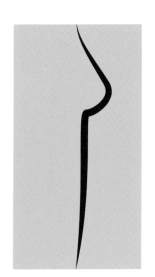
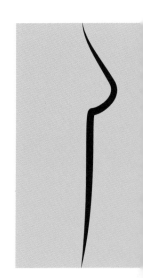

프로젝트 진행 중

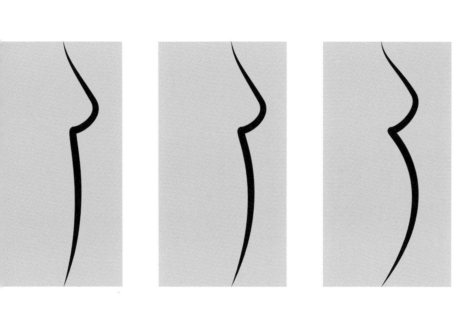

베 이 비

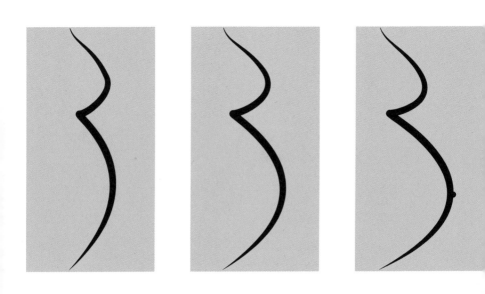

첫째
시작
날

가 계 보

1900

선지자였던 증조할아버지
괴짜였던 증조할머니

1920

따분한 큰할아버지
총명한 큰할머니
용감무쌍 할아버지
식도락가 할머니
자수성가 삼촌

1940

우아한 고모
조용한 아빠
마냥 감싸주는 엄마
웃기는 사촌
똑똑한 남동생

1960

까불거리는 여동생

과거 완료

모두 가족이 쓴 소설

1980

2000

2020

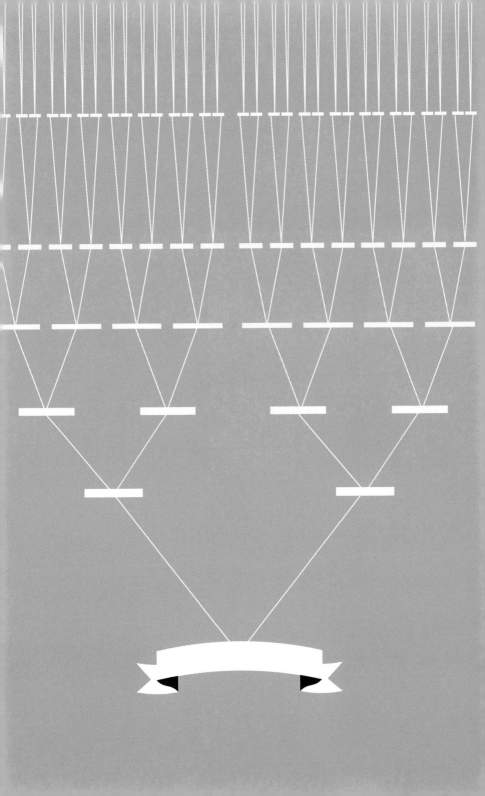

새 로 운 것 들

맨 처음
걸으면서 배우기
한 발짝

반복

검색

검색 실패

계속 검색

잃어버린
시간

온통 뒤죽박죽

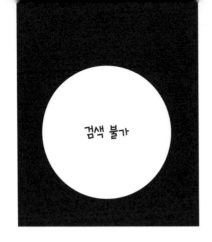

검색 불가

검색 중단

다른 걸로 구매

옛것의 발견

이게 더 좋아

1살

5살

한 방울
내용물과 겉모습
한 방울

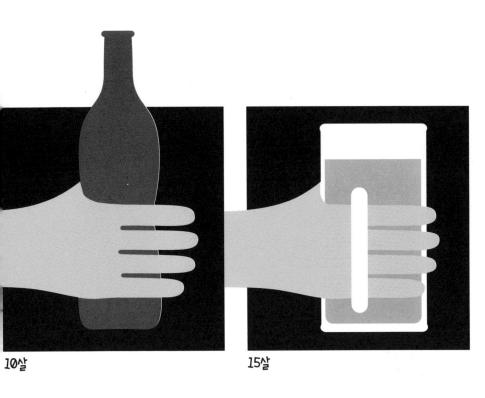

10살   15살

거짓말들

뭐든
끝이
있는 법

항상 진실을 말하는 게 좋아

이빨 요정 조심해

산타 할아버지 오시는 중

죽은 게 아냐, 잠든 거지

백마 탄 왕자님 언젠가 올 거야

완벽한 여자는 어딘가 있어

종종 전화하자고!

독 립 심

십 년
후에는

노녀, 와일드하게 자라다

옷 장

그들의 기대수명

햇수

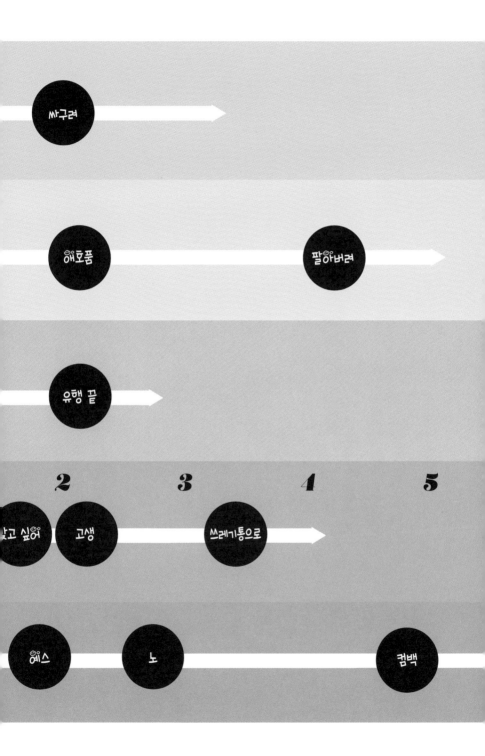

뜻밖의 일

그 전의
한 순간
웃어봐, 동영상 찍잖아

생 일

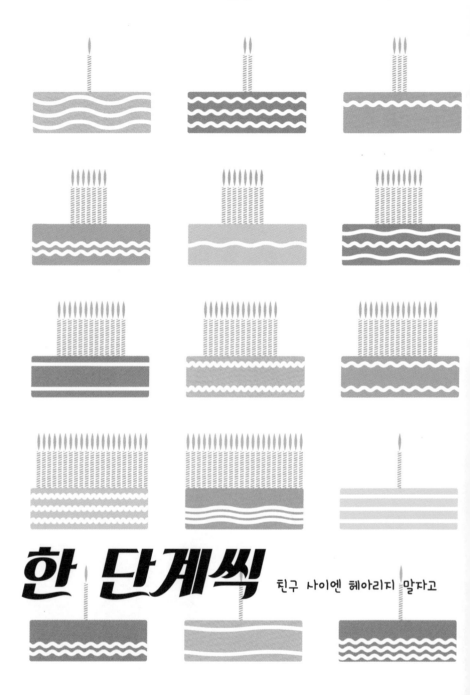

한 단계씩

친구 사이엔 헤아리지 말자고

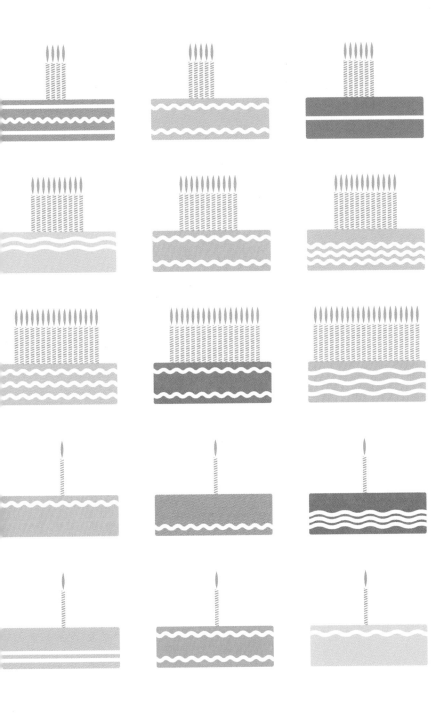

노인네들

나도
빨리 어른이 되고 싶었지
어렸을 땐

비 탄

시간에게 세월이 약이겠지요
시간을 줘봐

리듬 앤
블루스

사는 건 개 같은 일이야…
아름답기도 하고

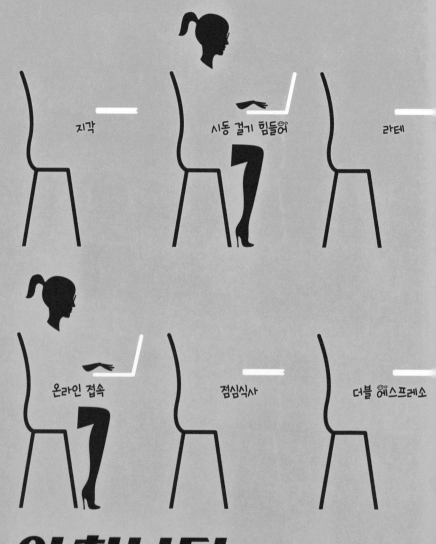

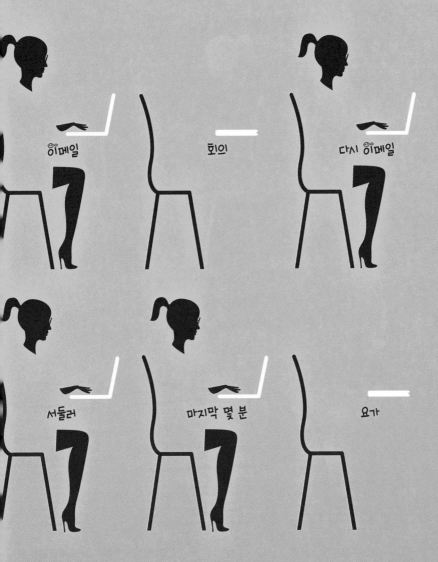

이메일   회의   다시 이메일

서둘러   마지막 몇 분   요가

판에 박힌 일상

맡는 일마다
식은 죽 먹기

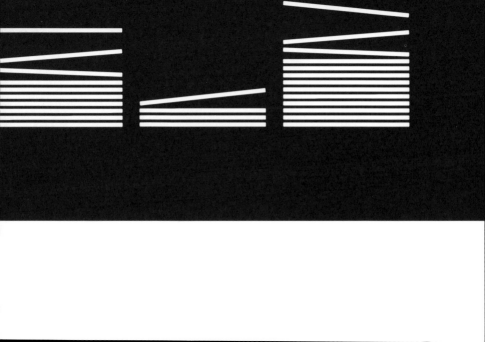

되풀이

마감시간

숨을 내쉬고

그토록
간절히
기다렸는데

믿는다는 거, 그게 전부야

잠깐씩 맛보기

자, 다음 사람!

오손도손

멀찌감치

우리 주파수가 맞는 거니?

황소고집

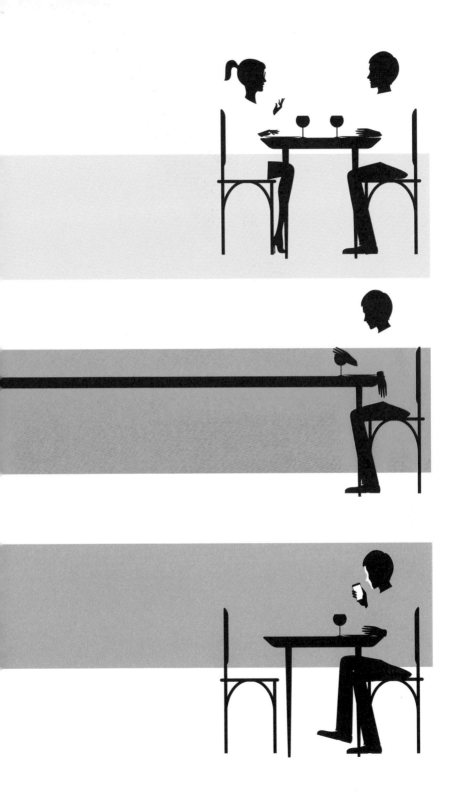

섹 스

첫 마지막이 아니라

경험

실랑 이

난 아니야

동감이야

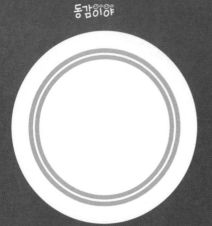

시한
폭탄
전쟁과 평화?

반 지

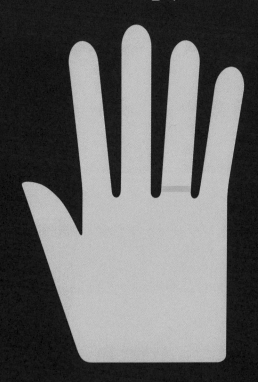

칠 년만의
외출

웨딩마치

바람피우기

노 섹스!

이혼

다람쥐 끊임없이
쳇바퀴

강 박 증

무제한 요금제

'멍 때리는' 가입자들에게

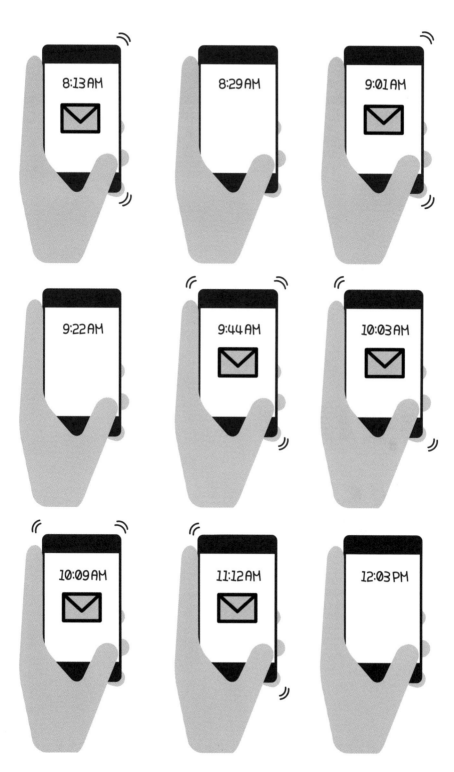

'미친' 일상

일요일	월요일	화요일	수요일
조깅	아침식사	늦잠	필라테스
축구	수영장		시장
브런치	런치	스트레칭	낮 공연
		북클럽	

번 아웃

일요일	월요일	화요일	수요일
		테니스	쇼핑
			요리 강습
낮잠	베란다에서 커피	해피 아워	레스토랑
영화	TV 드라마	음악회	

요일	금요일	토요일	일요일
런던에서 전화	영국식 조찬	신문	실컷 늦잠
	공원 산책	바닷가로 산보	브런치
	박물관		오페라
가벼운 점심		갑각류 요리	
쇼핑			
	원맨쇼	카지노	
펍			저녁엔 스시
뮤지컬	디너	한밤의 수영	
디너			휴식
	칵테일 클럽		

모 드

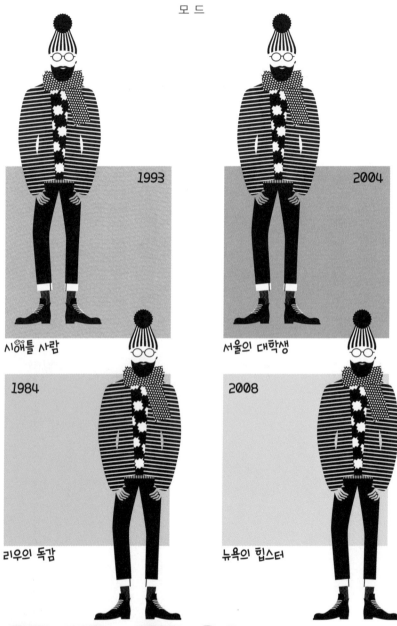

1993
시애틀 사람

2004
서울의 대학생

1984
리우의 독감

2008
뉴욕의 힙스터

돌고 돌아
컴백

모든 건은 상대적이야

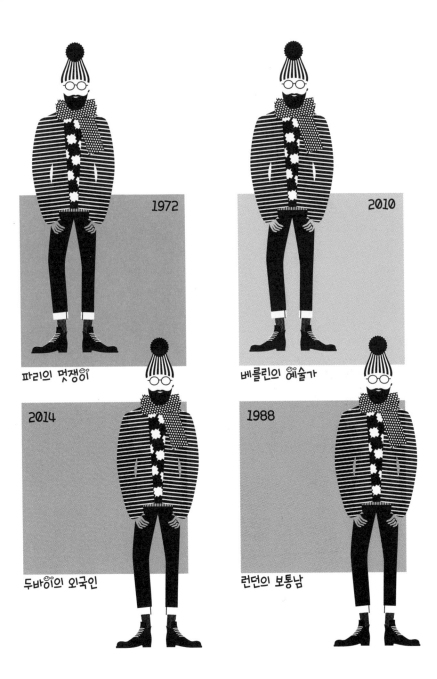

1972
파리의 멋쟁이

2010
베를린의 예술가

2014
두바이의 외국인

1988
런던의 보통남

내 삶은

취하면 온갖 슬픔이 없어지지

유동적

조금만 더 오래

어른 되기 싫어

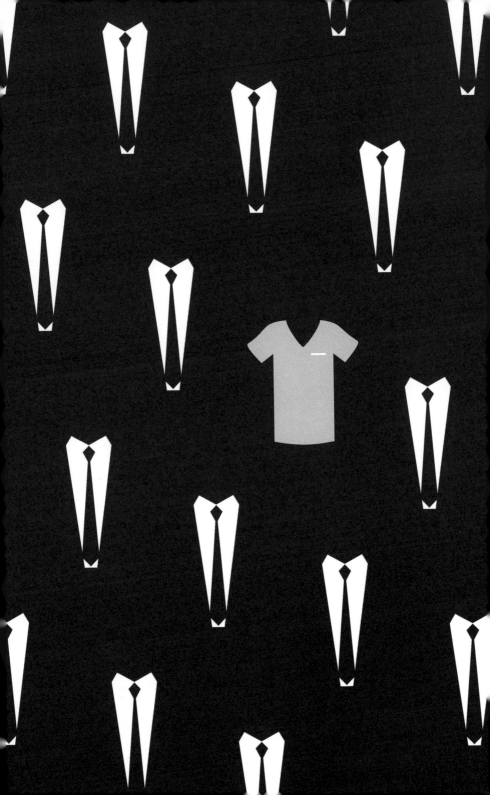

스물네 시간 내내

달리든가 터지든가

미래를 건 내기

어디 한번 걸어봐

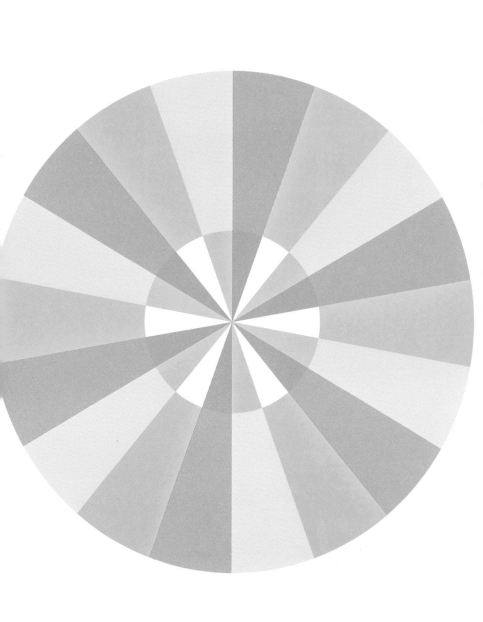

최후의
심판
뽑힐 건인가, 탈락할 건인가

짧을수록
좋은 것

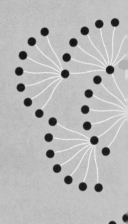

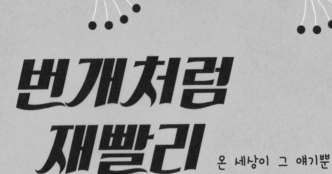

번개처럼
재빨리

온 세상이 그 얘기뿐

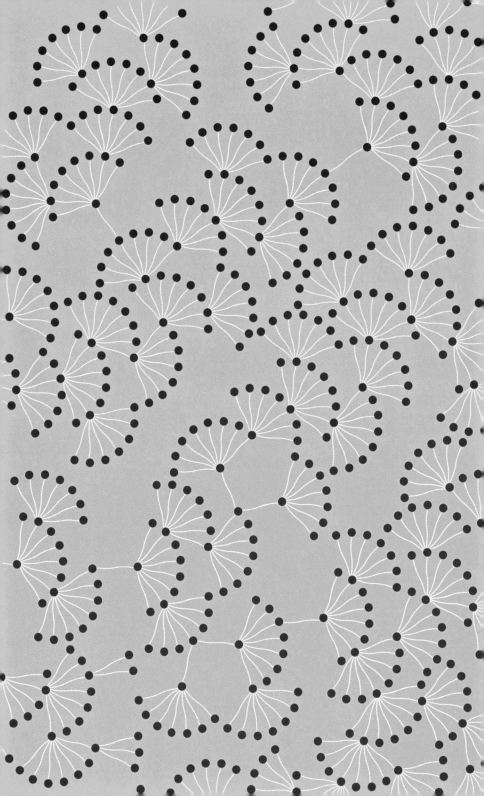

지 하 철

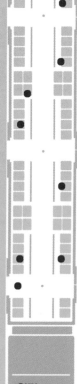

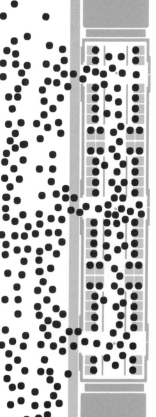

아침 6시

아침 9시

러시

서로 부딪히며

아워

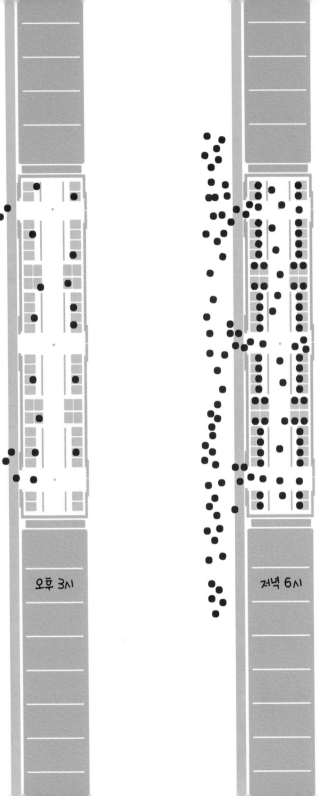

오후 3시

저녁 6시

다 음 열 차

멈춰선 시간
승강장과 지하철 간격 조심!

토요일의 쇼핑

한숨에 내달아

쇼핑

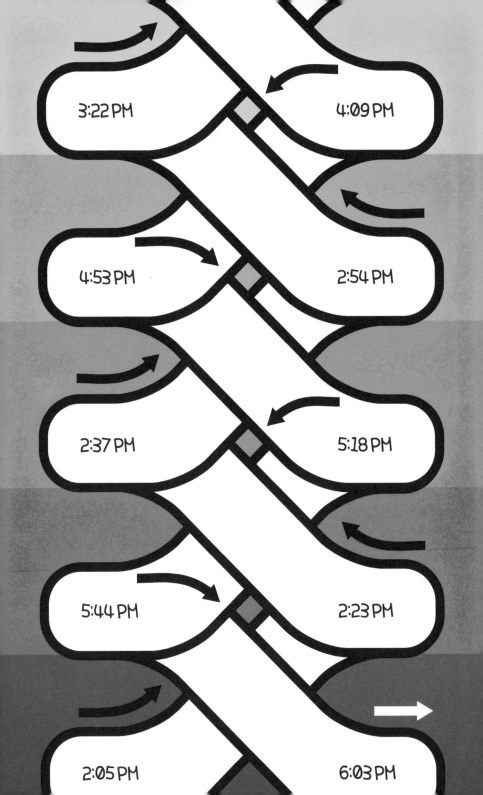

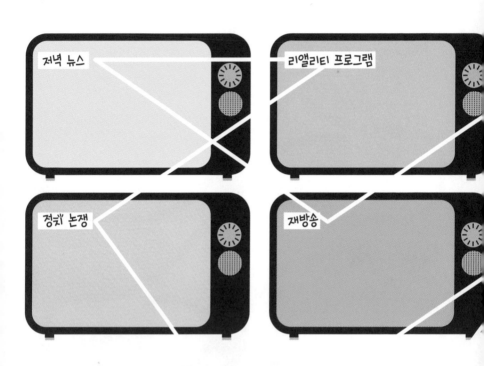

저녁 뉴스

리얼리티 프로그램

정치 논쟁

재방송

일요일엔
"방콕"

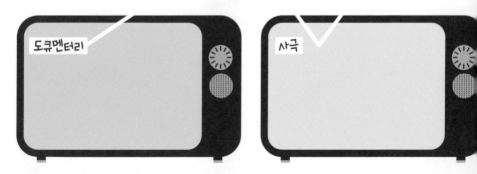

도큐멘터리

사극

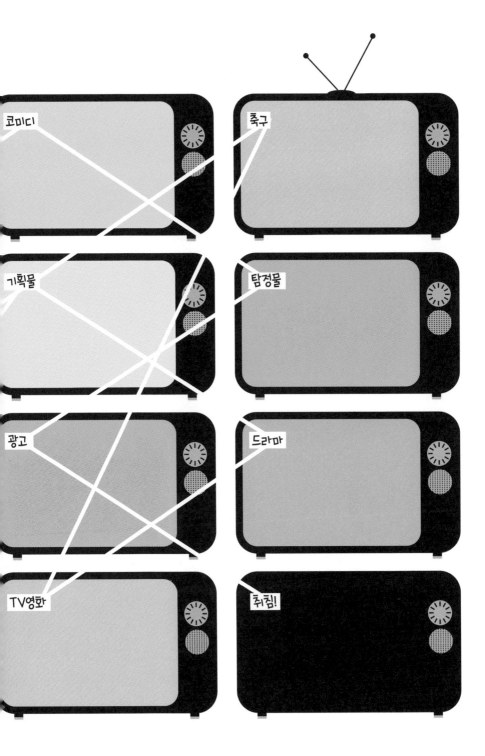

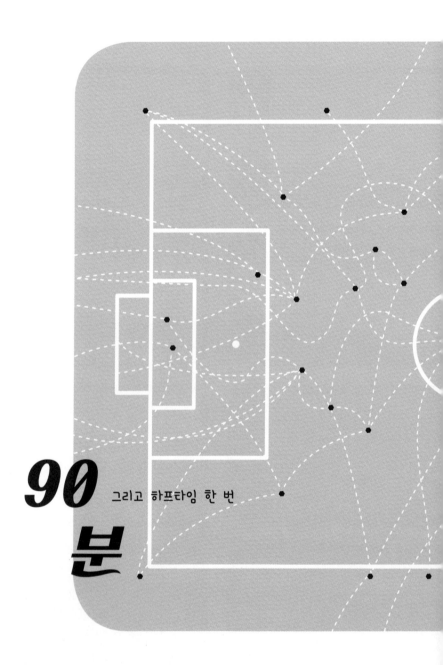

90
그리고 하프타임 한 번
분

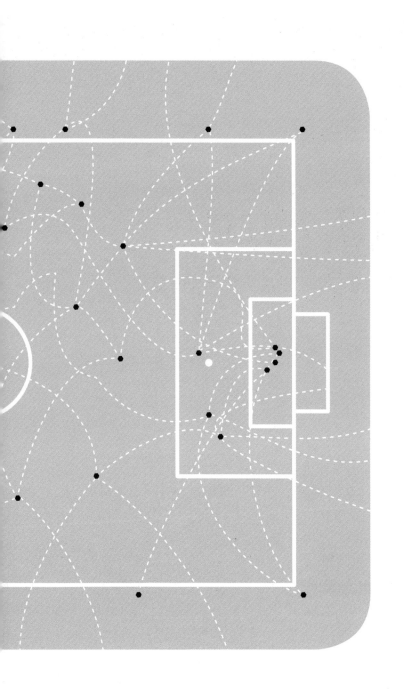

세 번의

막이 오르면 시작되는

두근거림

사 운 드

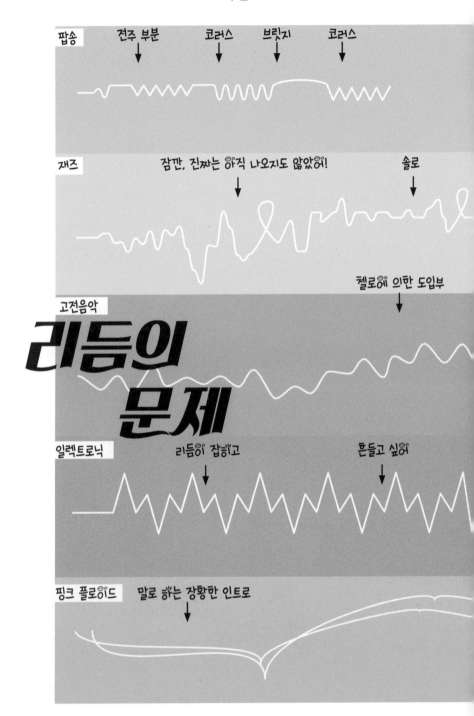

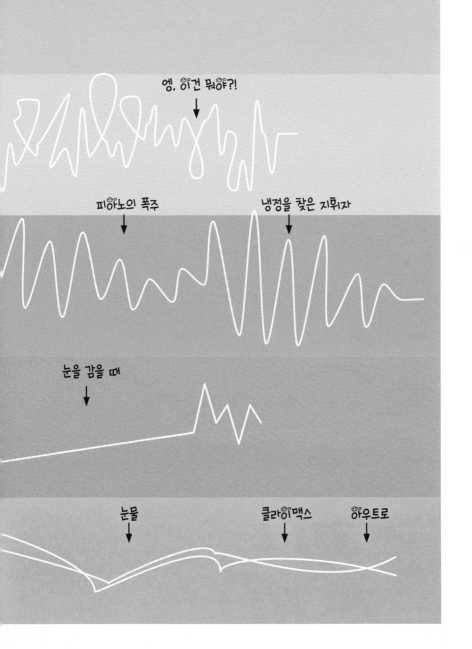

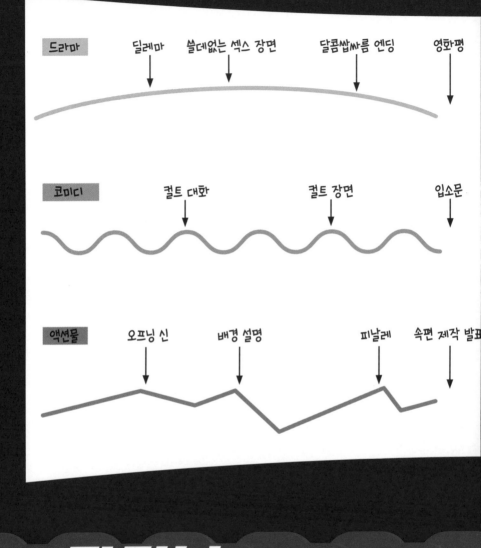

드라마

딜레마　쓸데없는 섹스 장면　　　달콤쌉싸름 엔딩　　　영화평

코미디

컬트 대화　　　　　컬트 장면　　　입소문

액션물

오프닝 신　　　배경 설명　　　피날레　속편 제작 발표

길거나
짧거나

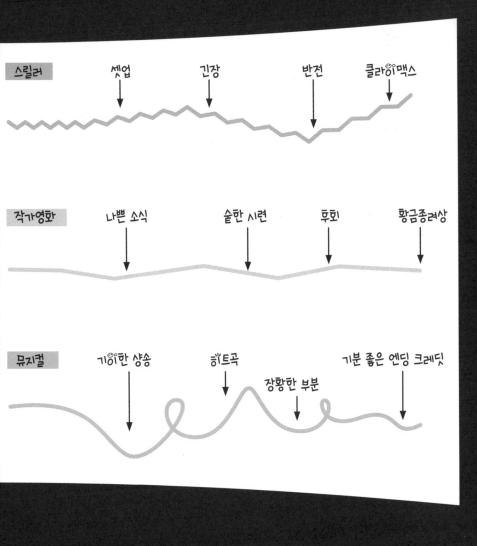

몇 년 산 ?

해 넘기고
숙성되고
시간이 돈이지

파티가 끝난 다음날

머리는 어제와 같은 머리로되…

출발은
부드럽게

조명, 카메라, 액션!

1월

5월

마법의 삽화

9월

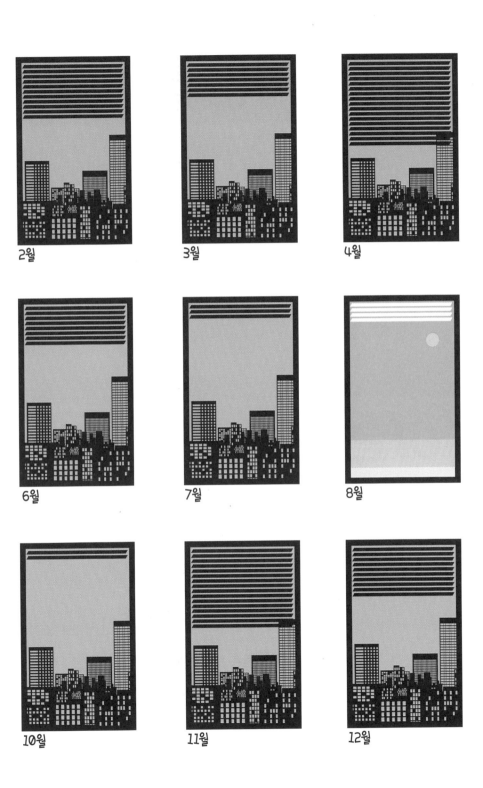

2월

3월

4월

6월

7월

8월

10월

11월

12월

하늘은 기다려줄 거야

방대한 주제

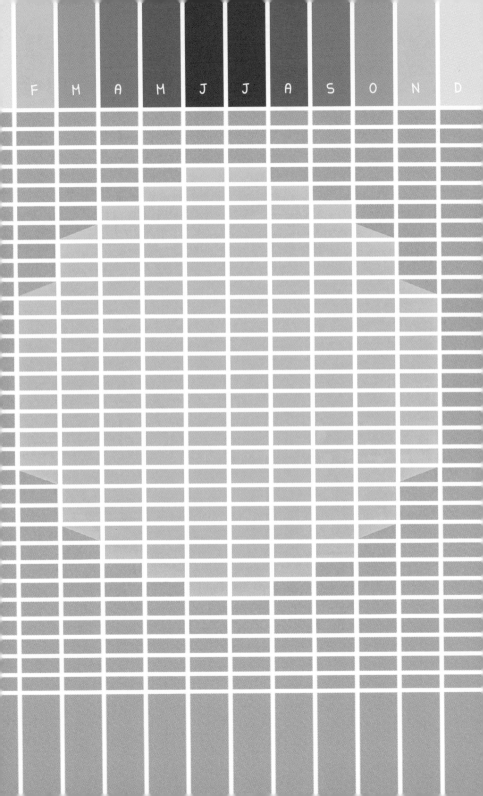

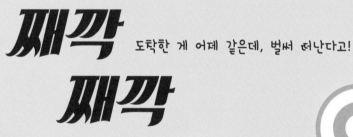

짜깍
짜깍

도착한 게 어제 같은데, 벌써 떠난다고!

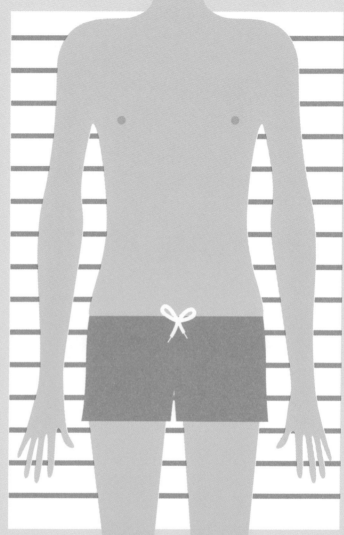

바 닷 가

자꾸 길어지는
결근

한나절 내내

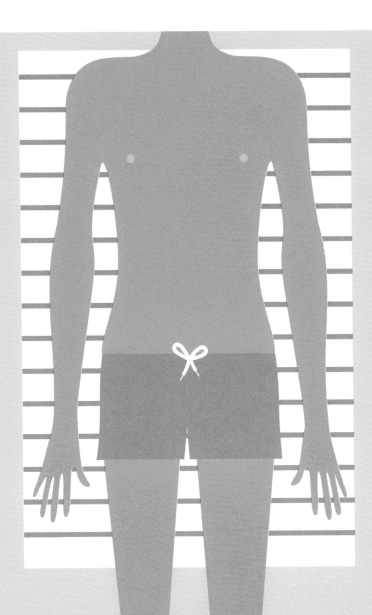

솔로의
시간

엄청난 현실 도피

움직이고
동요하며

마티 노널터럼

긴장을
풀고
아무 건도 안 하는 거야

여 정

해 떨어지기 전에

출발   차가 넘 막혀

잊어버린 게 있잖아   다시 출발   아직 멀었나?

U턴 하기   라디오 깨!

다 왔어?

주유소

마지막 휴게소

마지막 톨게이트

쉬 마려워?

홈 스위트 홈

불면증

하얗게 지새는 밤

두 눈을 크게 뜨고

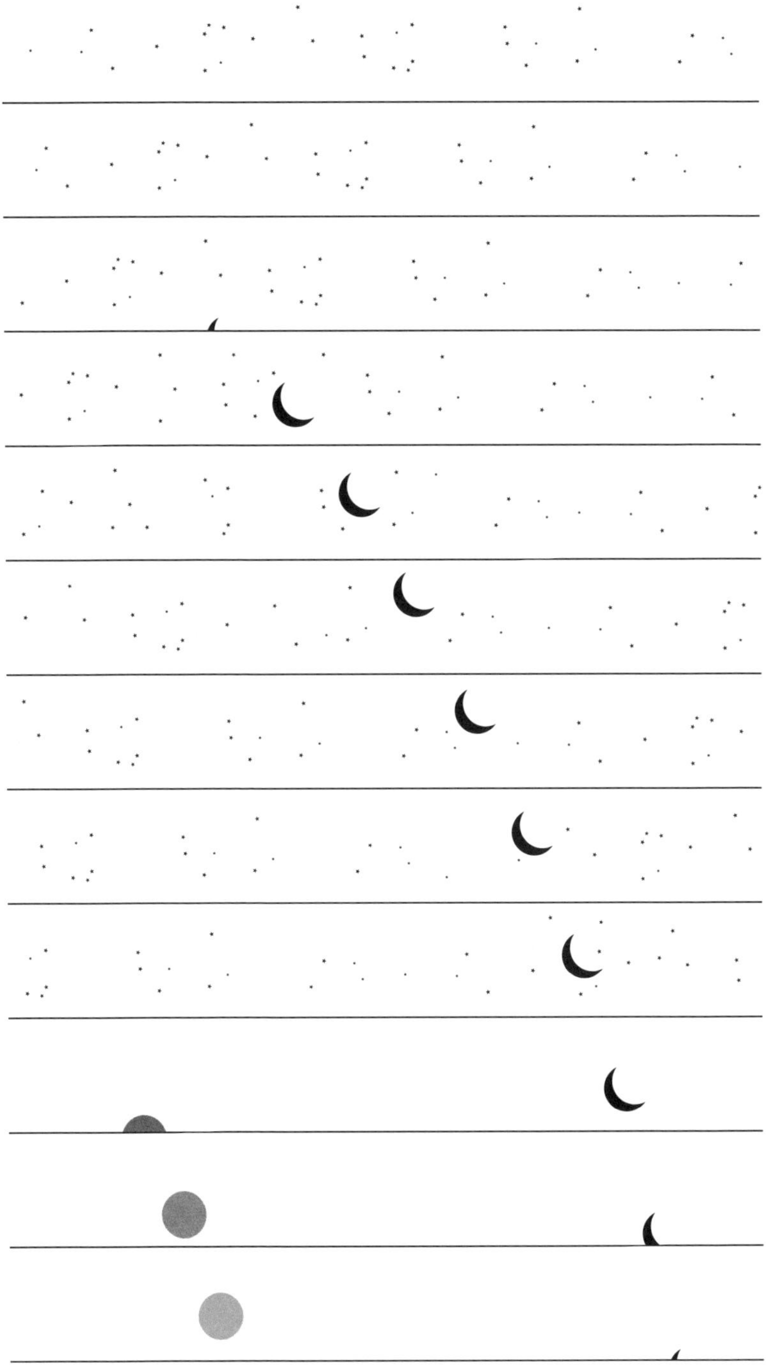

밤의 끝자락에

누군가 피 보겠네

이르기까지

zzzzzzz z z

따분한 일거리

지겨워
온통 혼자서만
죽겠네

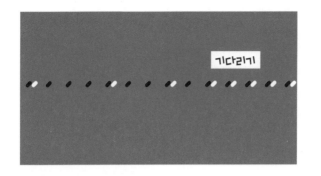

기다리기

타임
라인

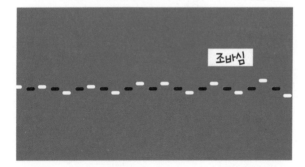

조바심

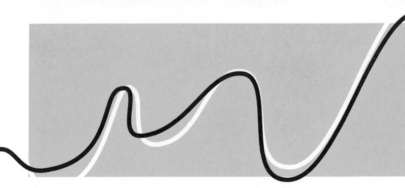

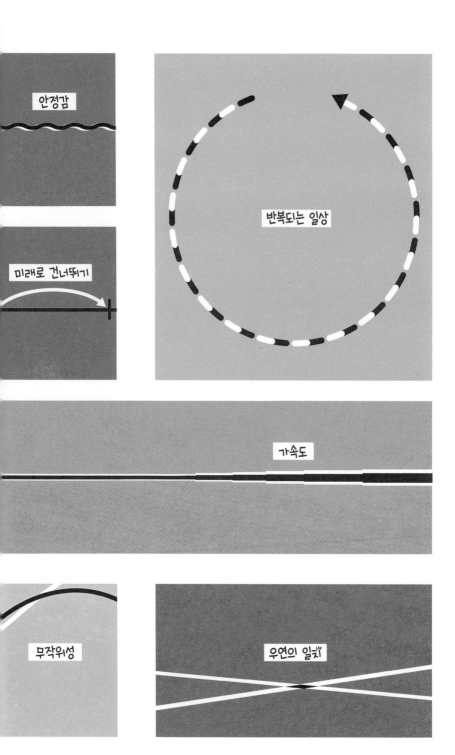

안정감

미래로 건너뛰기

반복되는 일상

가속도

무작위성

우연의 일치

분노의 질주

딱 제시간에 출발해야

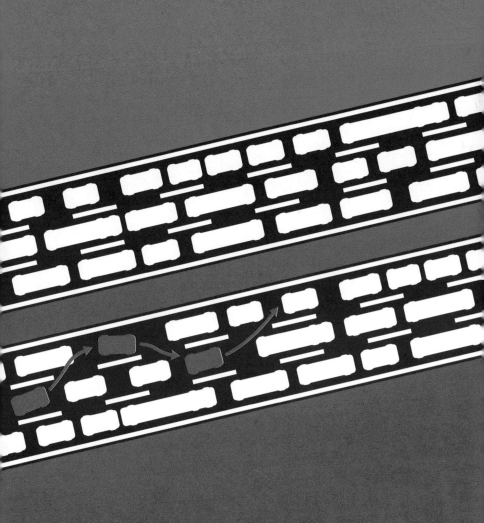

어떤
난생 처음 서울에서
기분 좋은 날

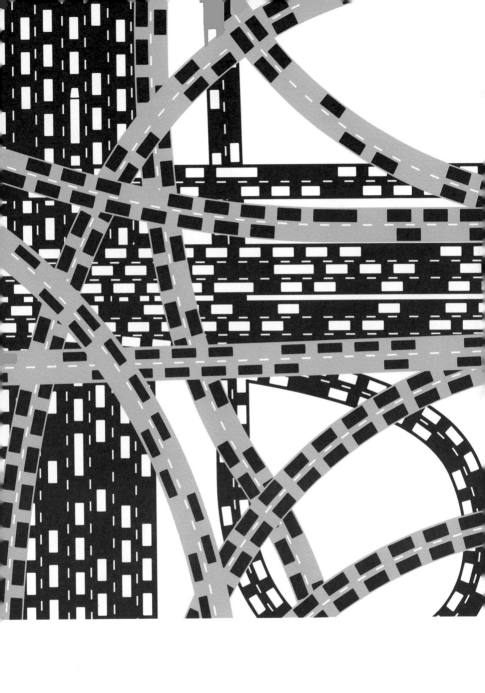

한 낮

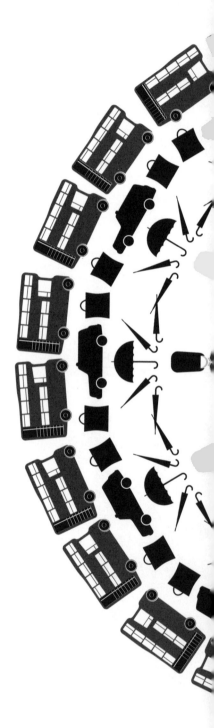

빅

난생 처음 런던에서

삔

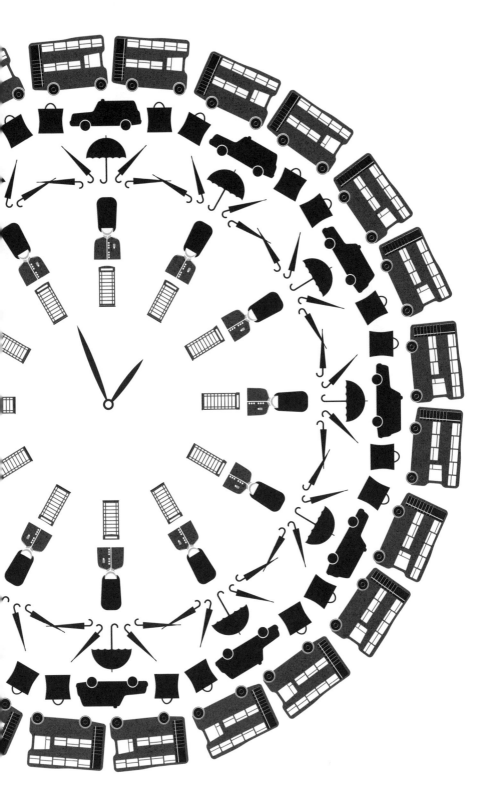

매혹의 다리

셀피

에펠탑

서른여섯
시간

난생 처음 파리에서

전형적인
브라서리

베르사이유

샹젤리제

길 잃음

르 마레

예쁜 길거리

완만한 경사

난생 처음 교토에서

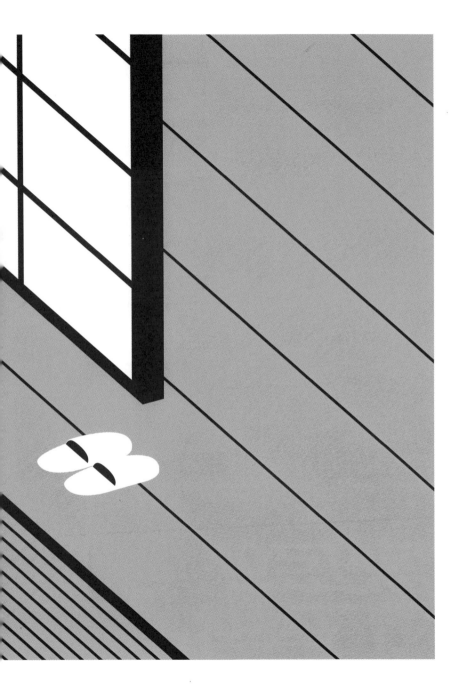

후각 자극

넛메그

말린 망고

레몬

매운 고추

카레

커민

시나몬

마살라

향신료의 추억

난생 처음 뭄바이에서

정향

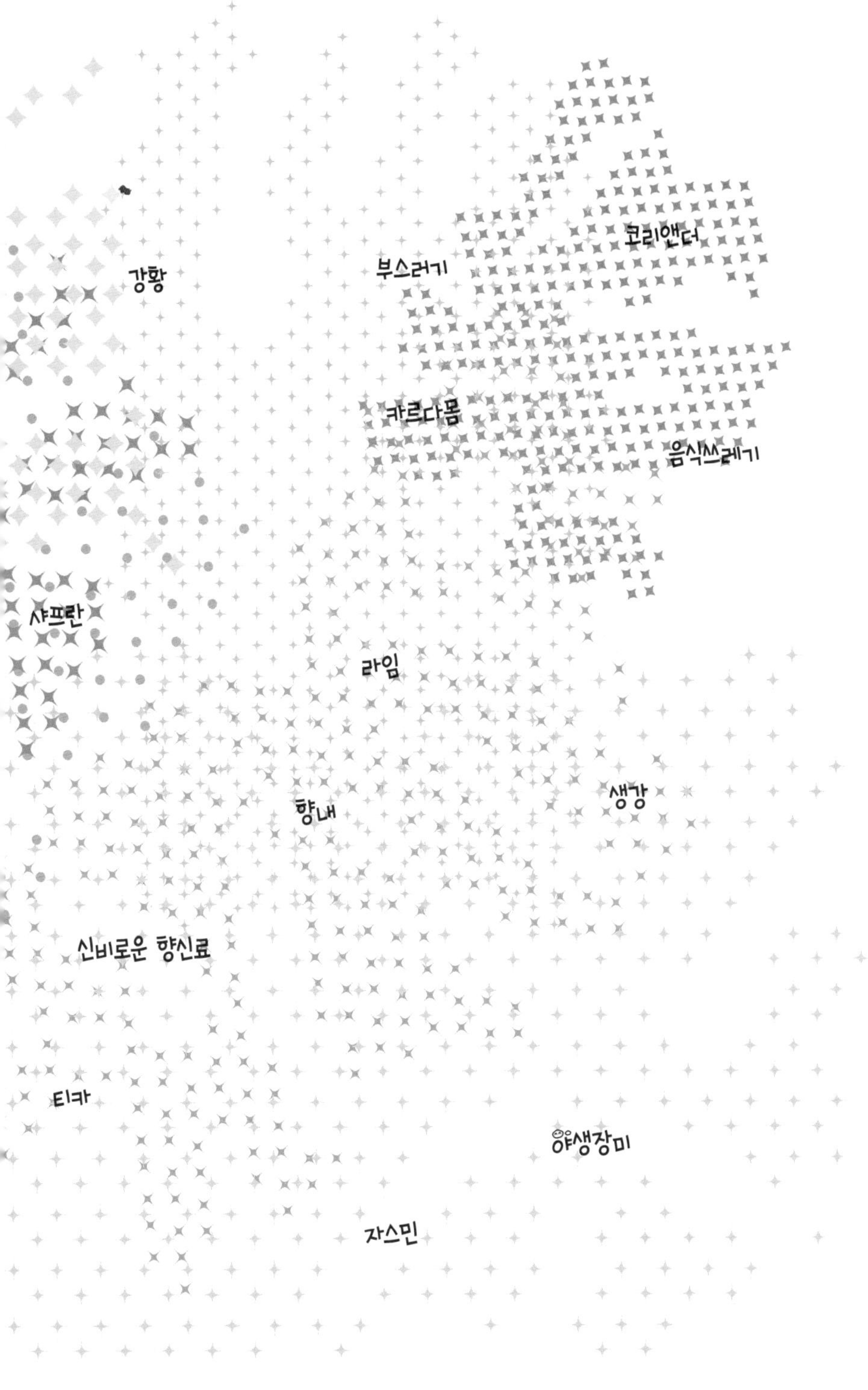

강황

부스러기

코리앤더

카르다몸

음식쓰레기

샤프란

라임

향내

생강

신비로운 향신료

티카

야생장미

자스민

봄
바깥은 축축하고 싸늘한데
집안은 후덥지근

일년
뉴욕에서
동안

겨울
바깥은 춥고 건조한데
집안은 오뉴월

름
바깥은 덥고 텁텁한데
집안은 완전 북극

가을
바깥도 온화하고
집안도 포근해

출장 중

전속력으로 옮기느라 놓친 의미

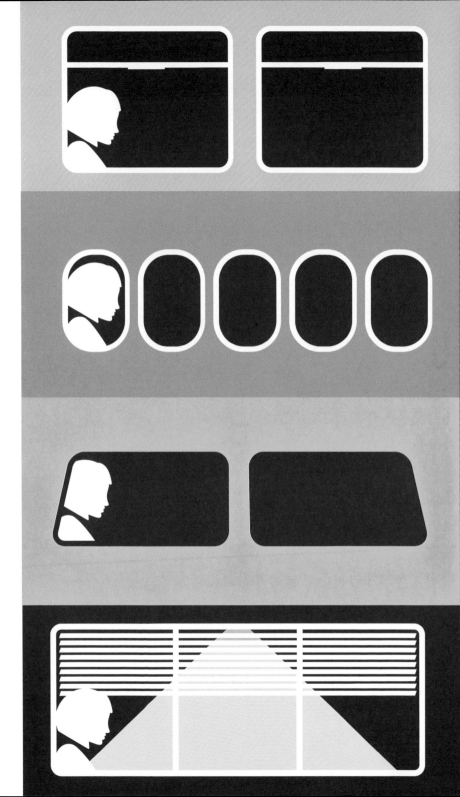

고달픈
새벽 네 시 말똥말똥
시차적응
오후 네 시 쿨쿨

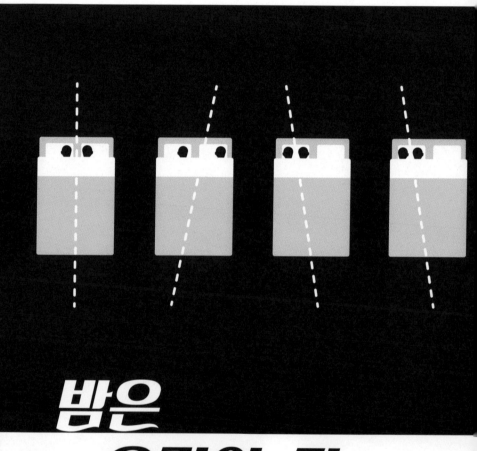

밤은
우리의 것
당신의 공간　　　　　나의 공간

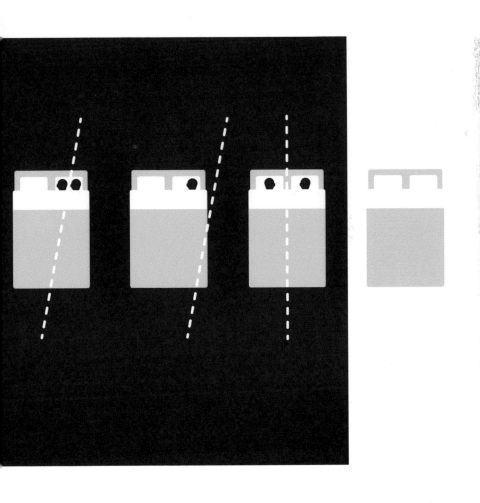

새 아침이
밝았네

스니커즈 혹은 구두

티셔츠 혹은 와이셔츠?

양말 혹은 스타킹?

설거지?

상쾌한 출근길?

헬멧
전화기, 지갑, 열쇠
아니면 스카프?
브이넥 아니면 터틀넥?
청바지 아니면 스커트?
복서 아니면 삼각?
쉬크하게 아니면 캐주얼
기상
라디오
아침식사
용변
샤워
핑크 아니면 흰색?
블루 아니면 블랙?
줄무늬 아니면 단색?
파카 아니면 트렌치코트?

지 각 이 야 !

살짝 화당은 가는 길에
늦었네

누구보다도 일찍

이거, 살짝 칭찬할 만하잖아

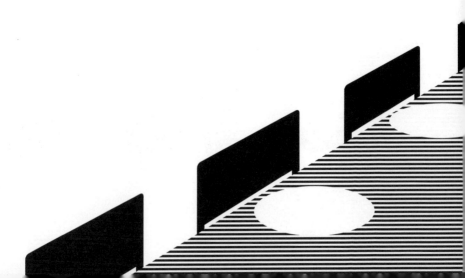

시 나 리 오

오늘이었던가?

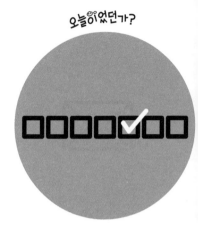

그들은 안 올 거야

이젠 날 좋아하지 않아

확인 메시지 왔었나?

어쩌면 없어져버렸을지도

비상사태가 벌어진 거지

날 뿔놓고 가버렸어

무슨 나쁜 일이 생겼나?

휴우, 저기 왔군

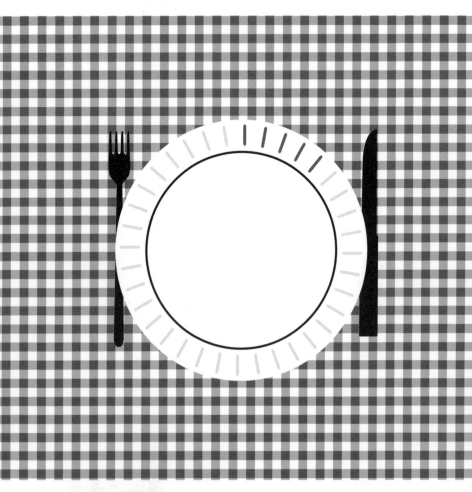

요리하는 시간

무려
두 시간

겨우
먹는 시간
십 분

고독의 순간

그에게 감히 말 걸기

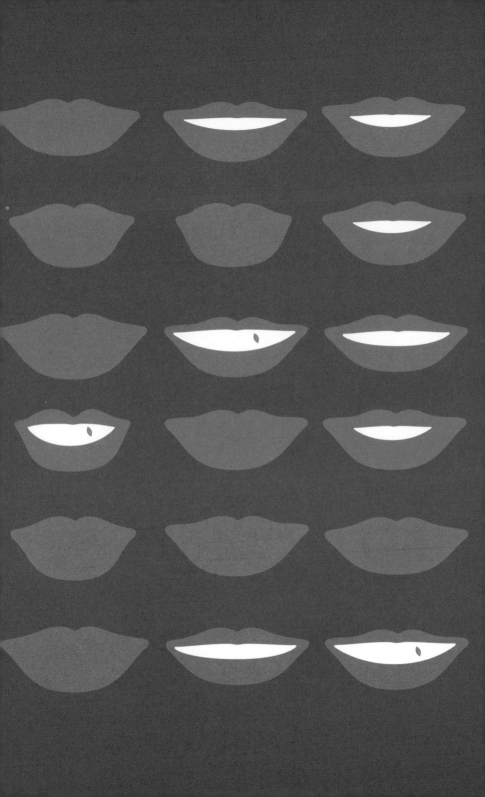

사랑하는 법 배우기

입만 까다로워지지 않고서

15살 때   17살 때   23살 때

25살 때

27살 때

31살 때

1977
장식하기

1985
버리기

백 투 더
퓨 쳐 공간의 정복

2012

싸구려 찾아다니기

2014

재창조

'도그'마틱

시계처럼
정확해 강아지의 낢

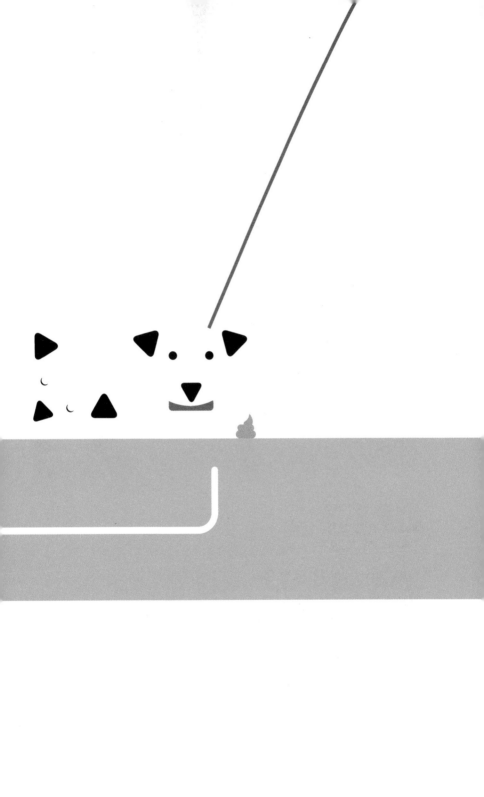

모든
예상을
꼭 반복되란 법은 없어
뒤엎고

내면의 시계
나만의 템포
도시의 시간
내 땅의 맥박
인터내셔널 리듬

한 마음
한 뜻

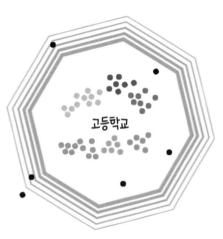

정해진

그들 속에 넣여

기간 동안

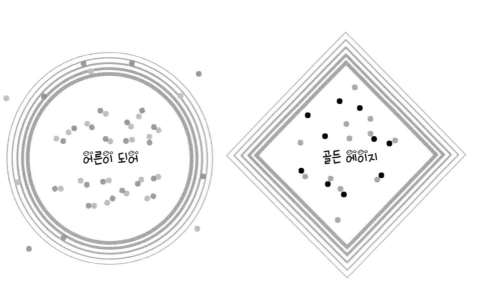

새 시대

밤낮 없이
온종일 다시는 혼자일 수 없는

건강의
여정

잠깐 입이 즐겁더니 십년 뒤엔 똥배

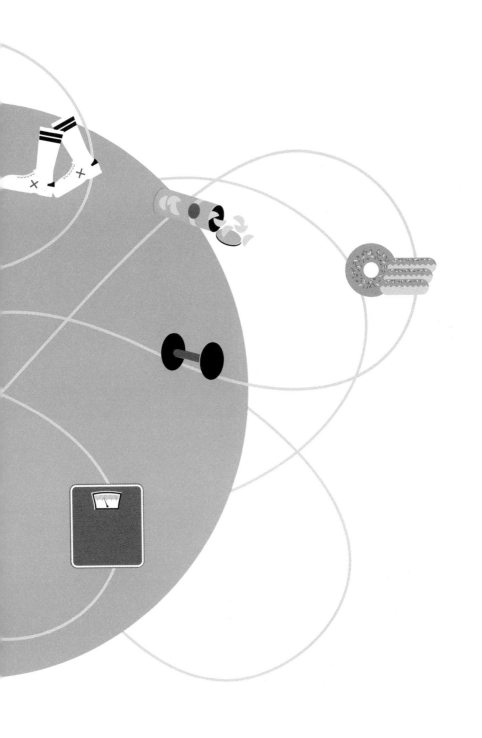

커 리 어

② 자기 전환

④ 경력 입사지원

⑤ 이직

① 인턴

③ 컨설팅

내 능력의

이력서 꾸미기

대차대조표

7 좌편, 홀은 밀려나기

6 상담마루 갤러

8 절양기

9 보스의 사무실

영광의 그 날

월계관으로 가는 길

임무 완수!

기다려, 하와이, 내가 간다!

하필이면 이런 때에

내가 꿈을 꾸고 있나, 다들 덮어 보이잖아?

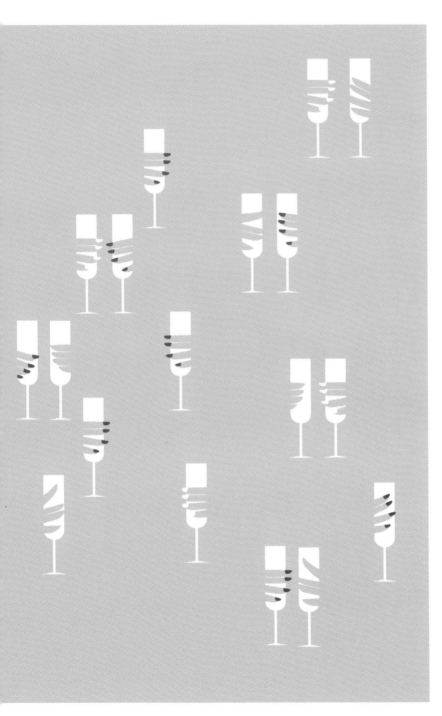

영원한
젊음 조금만 밀어 올려두면

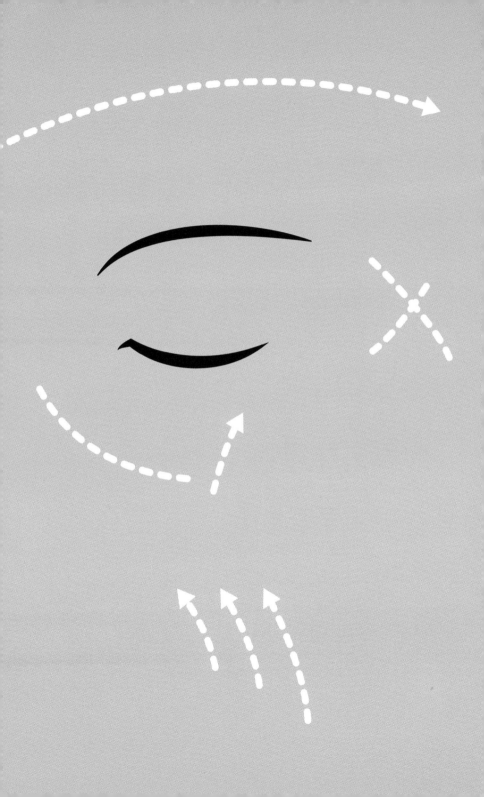

단 서

종말이 이제 돌이킬 수 없다는!
시작되는 건가

계 집 애 들

1968

1972

1984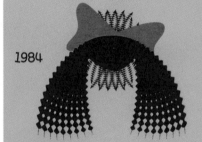

1988

머리끄덩이 잡기?

2000

2004

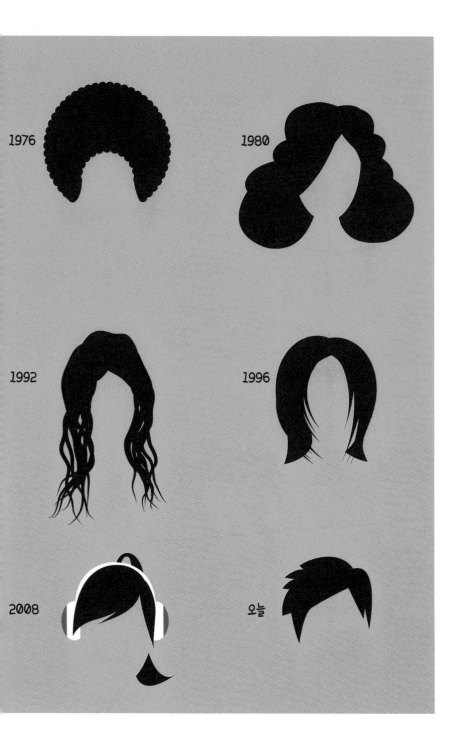

1976

1980

1992

1996

2008

오늘

1968

1972

1984

1988

퇴행하기

번지수가 틀렸어

2000

2004

1976

1980

1992

1996

2008

오늘

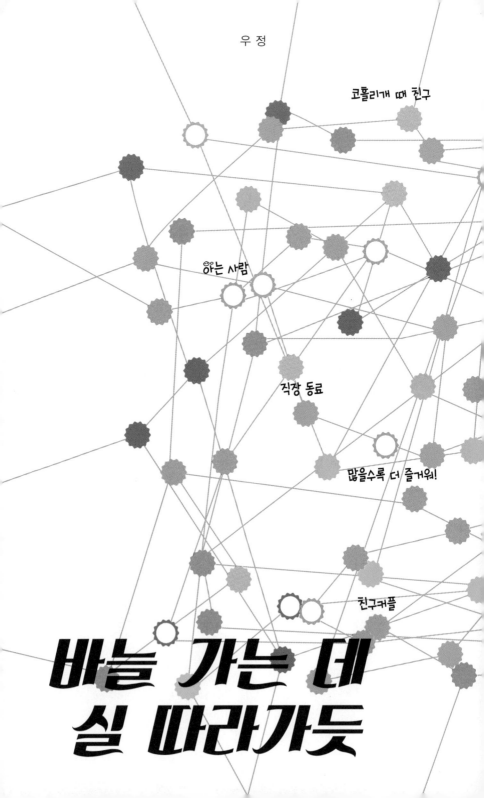

우 정

코홀리개 때 친구

아는 사람

직장 동료

많을수록 더 즐거워!

친구커플

바늘 가는 데
실 따라가듯

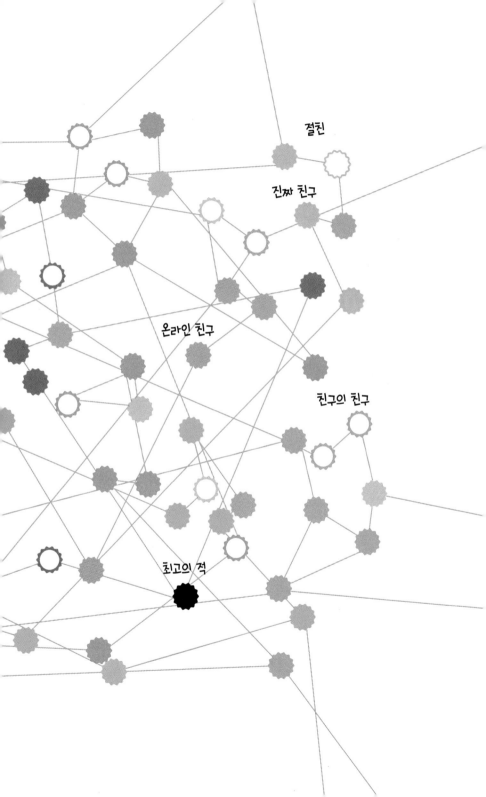

어느
천 년에

곧 만나기로 해요!

입소문

천 개의
전달되려면…
귀에까지

두 번째도 첫 번째나 조금도 다름없이
〈파리vs 뉴욕〉의 모험 이후 다시 이 책을 위해 편집을 맡아준 에마뉘엘
외르쁘비즈와 로라 티즈델(즐겁게 일하다보면 시간은 어찌나 빨리 흘러가는지!),
딱 스케줄에 맞추어 도착한 로원 코프, 그리고 파리의 스톡 출판사 및 뉴욕과
런던의 리틀 브라운 출판사 팀들에게 감사의 마음을 전한다.
시차가 있었거나 없었거나 수전 리어가 완벽하게 조율해준 작업의 리듬, 그리고
마크 케슬러, 캐트린 호덥, 로라 매멀록, 케리 글렌코스 등등의 도움이 컸던 덕분에

정말 고마워요

키라즈와 과거를 돌아보았던 아름다운 시간들,
적절한 때에 적절한 단어를 제공했던 티에리 터불 폰타나,
짐 머스펠더 및 샌드라 스타크와 함께했던 마법과 같은 몇 주일,
빈틈없는 분석을 위해 앙토냉 보드리가 아낌없이 쏟아준 소중한 시간,
소냐 칼라히잔의 논스톱 신랄한 유머,
삶의 두 가지 이정표 사이를 빛낸 마리-아멜리 드가일의 존재,
나탈리 리키엘의 영속적인 호기심,
사라와 콜레트(colette) 팀의 꾸준한 지원,
잡지사 M le magazine du Monde 팀과의 처음 삼 년,
우리 가족의 변함없는 호의,
그리고 우리가 함께했던 아침 시간에
부모님이 보여주신 그 모든 사랑과 인내심⋯
모두모두 고마워요.

―――
역 자   권 기 대

우리와는 다른 문화 및 언어에서 태어난 콘텐트를 한글로 재탄생시키는 창의적 번역에 몰두하고 있는 번역가. 그가 우리말로 옮기고 있는 언어는 영어/불어/독어로서 국내에서는 그 같은 예를 다시 찾아볼 수 없다. 서울대학교 경제학과를 졸업한 후 미국의 모건은행에서 비즈니스 커리어를 시작했으나, 이내 금융계를 떠나 거의 30년간 미국, 호주, 인도네시아, 프랑스, 독일, 홍콩 등을 편력하며 서양문화를 흡수하고 동양문화를 반추했다. 젊은 시절의 대부분을 보낸 홍콩에서는 다양한 매체의 영화평론가로 활약했고, 예술영화 배급에 종사하기도 했다. 그가 번역한 영어 서적으로는 베스트셀러 『덩샤오핑 평전』(황금가지, 2004), 부커상 수상 소설 『화이트 타이거』(베가북스, 2008) 한국학술원 우수도서로 선정된 『부와 빈곤의 역사』(나남출판, 2008)를 위시하여 『다시 살고 싶어』(베가북스 2014), 『아이는 어떻게 성공하는가』(베가북스 2013) 『헨리 키신저의 중국이야기』(민음사, 2012), 『살아있는 신』(베가북스 2010) 등이 있고, 불어 도서로는 앙드레 지드의 장편소설 『코리동』을 들 수 있으며, 독일어 서적으로는 페터 한트케의 『돈 후안』(베가북스, 2005)과 『신비주의자가 신발끈을 묶는 방법』(미토, 2005) 등이 출간되었다. 어린이를 위한 그림책도 『괜찮아 그래도 넌 소중해』『내 친구 폴리 세계평화를 이룩하다』『병아리 100 마리 대소동』『달님이 성큼 내려와』등 다수를 번역하였다.

어바웃 타임 : 가슴에 쌓이는 시간의 기억

초판 인쇄   2015년 2월 14일
초판 발행   2015년 2월 25일

펴낸이   권기대
펴낸곳   도서출판 베가북스

저 자   바랑 뮈라티앙
역 자   권기대

편 집   권희중
디자인   최효정
마케팅   배혜진 추미경

출판등록   제313-2004-000221호

주 소   (158-859) 서울시 양천구 중앙로48길 63 다모아 2층 202호
주문전화   02)322 - 7262   **문의전화** 02)322-7241   **팩스** 02)322-7242

ISBN   979-11-86137-06-2 03800

블로그   http://blog.naver.com/vegabooks.do
이메일   vegabooks@naver.com   **트위터** @VegaBooksCo

영원히

■ 곧

공포의 곶
■

노동의 절벽

실현 가능 섬

큰 곤경 ■

죽학 ■

약속의 만

■ 희망

내일의 땅

지구 최후의 날
■

의 섬